学園家族

自由の森日記

石塚自森
ISHIZUKA Jishin

文芸社

はじめに

「数字」は、意外と正確のようで、人それぞれという「感覚」の部分もある。十年一昔は懐かしさを誘う。五十日《ごとおび》は日本ならではか。1ダースやグロスは6を活用した組み合わせ（ただし三つ揃うと不吉だが）。

最近ふと思うのが、名だたる者は別にして、多くの忍者の末裔は今どこに。皆さんは本当に存在したのかしないのか。豊臣秀吉も田中角栄も「太閤」と呼ばれたが、他にも共通点があるのでは。

これから、お話しする『学園家族』の中にも、本当のことを告白しないだけで、それを何かに投影しながら生き抜く人たちがいる。

SNSがなかった時代の、甘く切なく、ちょっぴりしょっぱい、フィクションとノンフィクションの狭間の話。是非、あなたにもこの世界観についてきてもらいたい。何故なら時間は止まってくれないから――。

学園家族 ◎ 目次

成人式のハガキ

六学年という年月、時間の組み立ては、人生において特別な縦軸だ。その学園に高校から入学した小生。十八歳で全日制私立高校1回生という異次元の体験となった。

まだ選挙権年齢が二十歳で、成人式には、「政治家の先生たちが票のために来るのよ」といった噂が、口づてで広まるようなアナログな時代。

高校三年生を二十歳という青春ど真ん中で迎えた私。

「成人が集うんだから」という甘い甘い誘惑と世論誘導と好奇心。式への招待のハガキを飯能市役所から受け取った玄関先の郵便受け。

「式に出たら、高3で二十歳がばれるよなあ」

心模様がつい言葉に出てしまった私。

下宿しているアパートは相棒の笠島君とシェアしている空間だ。

飯能駅前横にある喫茶店チャティに通うのが、おいらのルーティーンで、いつものように、ポテトチップが添えられたサンドイッチをほおばりながら、出席するかどうか、店主の村作《むらさく》さんに相談をしていた。

「私は石塚君そのものをいつも見ているわ。年齢がどうのこうのって関係ないと思うわよ」

そう言って、小さめのティーサーバーに残っている紅茶を入れてくれた飯能のお母さん。でも実は、この喫茶店オーナーで不動産仲介業も営んでいるやり手だ。その存在は、学園生徒のゴッドマザーといった感じ。

添えられたポテチを口に運びながら、私は自森（自由の森学園の略称で「じもり」と言う）に入る前の自分を思い出していた。

出会い

「西の愛知、東の千葉」

管理教育が比較的厳しい都道府県として、リベラルな教育雑誌（太郎次郎社発刊の月刊教育雑誌『ひと』など）、教育界で、そう言われていた時代。経験した壁は「不登校」ではなく、「登校拒否」という表現が主流な、昭和の後半。数年前に日本はモスクワオリンピックをボイコットし、『8時だョ!全員集合』がワースト番組にノミネートされる、どこか混沌の最中《さなか》であった。

「自由な校風の学校があったら」

いや、なければ、あの時の学生運動は何だったのか。先輩たちは、ひっくり返し損ねたのか、いやはや、はめられたのか。

間違いなく、あの時、夢を見て踊った連中は生き続けている。肉体も精神も。小説家として、弁護士として、大学教授として、政治家として。

最後の砦と後に称される、私の母校は、

「自由と自立、自立と自律」

「深く学ぶことと点数序列による教育の否定」

全人教育と授業に特化した、中身の掘り下げ。

時代が求めていたのか、

「おかしくないかい、詰込み一辺倒の管理教育ってさあ」

そうつぶやいたのは偶然だったのか、導かれたのか。

おいらの夜中は、毎週木曜深夜に、たけしさんのオールナイトニッポンを聴取し、土俵際いっぱいいっぱいの精神状態を紛らわす（聴くことで一週間もった）だけの毎日が続いた。

フリースクールもほとんど存在しない、レンタルレコード店が流行っていた、ちょっぴりポケベルな時代。デジカメも、写メも、へったくれもない、あの頃の粗雑さ。写ルンですもまだまだの時。ようやく、自由な寺子屋的スクール「東京シューレ」が開校され、自主夜間中学もまだまだ認知されていない状態だった。

深夜三時前のエンディング、たけしさんの「TAKESHIの、たかをくくろうか」を聴いて思いとどまった向こう側へ、逝く逝かないかの恐怖感。

「何でこんなところに教育関連雑誌が」

別世界というパラレルワールドから届いたのか、目の前に現れたそれは、「進学通信」という、準大手が出版したA4判のものだった。

「自由の森学園？　何だ、この名称は……」

素敵な響きと、自分自身の心の中を見透かされたかのような、グッドなネーミング。

「架空の学園か？　……」

ページをめくりながら、指が震えているのに気づく。ラジオのスイッチを消そうにも消せない、眠れない布団の中。谷山浩子（2部）のオールナイトニッポンを「ながら」で聴き流し、雑誌にのめりこんでいく夜明け前の静けさ。

「点数序列を廃止し、規則もなく、制服も自由」

こんな学園があったら、そう、「星に向かって願いを」ではないが、いてもたってもいられない、等身大の自分が存在する、ペナントが貼ってあるもののどこか殺風景な子ども部屋。

私はボイコットの関係（心が折れ体が学校へ行くことを受け付けない状態）もあり、公立中学校を四年かかって卒業していた。

金八先生セカンドシーズンで放映された「腐ったミカンの方程式」で出演していた、加藤と同じ境遇を、現実社会で経験していた。

今なら考えられない「見せしめ」を受け、つらく切ない「中2を二回」を経験した。教育評論家の尾木直樹先生なら「今なら訴訟問題だよ」と言ってくれただろう。尾木先生には、「尾木ママ」になる前、母校の東京経済大学教職科目でご教授いただいていた。

毒親

親の愛情をまともに受けない状態が、成育歴やその後の成長変化にどう影響を与えるか。特に父親からは一切の愛を受けず、何故、悪の道に進まなかったのか、今でも分析できない七不思議の一つ。本当だよ。

クリスマスイブの心躍るウキウキ観の凄いの何の。弟と二人、準備や作戦会議が楽しいなんてもんじゃない。飾りつけやら、クラッカー発射のタイミング。ケーキが届くのを待ちわびながら、三角帽を被り正座で、目の前に到着するであろう3号ケーキを想像する兄弟。

海苔巻きやら、本数の少ない骨付きチキン。お袋が自転車で取りに行ってくれたケーキは、不器用なためぐちゃぐちゃに傾いていた。そんなことより、ケーキが家に届いた喜び。昭和四十年代とは、そういう時代だった。

親父が、長距離トラックの運転から帰ってきた時の機嫌の悪さは天下一品。そうでないことを神様に祈りながら、弟と支度をして待っている時の、喜びと恐怖感の入り混じった、子どもは絶対経験してはいけない心理状態。

玄関の引き戸が開いた瞬間の嫌な予感。

褒めてくれるかと思いきや、

「何がクリスマスだ！　ここは、日本だ」

秒殺の出来事であった。がんばって飾りつけした折り紙のチェーンも、手を付けずにローソクを立てておいたケーキも、一切合切、木っ端みじんに粉砕されてしまった。それでも、畳にへばりついたクリームを、弟と手でこそいで何とかしようとした思い出は、忘れようにも忘れられない心の傷として残っている。

小学校五年生の時、陸上の大会の出場選手に選ばれ、日が暮れるまで練習を続けた北小学校のグラウンド。

光化学スモッグの注意報が蜂蜜センター横の校舎に流れる北本の夕暮れ。気づくと、親父が隣のお寺さんから覗き込んでいる。中学校しか出ていないことにコンプレックスを感じながら、いつも息巻いて世間にくだを巻いている、嫌な父。選ばれたことが嬉しいくせに、そのことを自宅では絶対に褒めようとしない、群馬県東村出身の父親。

その日の夜は、よく心が折れなかったと、今でも自分を褒めるしかない、足の速かったターちゃん（小さい頃はそう呼ばれていた）。

「お兄ちゃん（私のこと、父母はそう呼ぶ）、柔道やろうよ」

真に嫌なプリモニションが、畳の六畳間に漂う。愛情表現や喜びの表し方が下手で駄目な昭和十五年生まれのおっさんが、足をかけてきた瞬間、大会出場前の私は右足を打撲してしまった。その後が、情けないのなんのって。

「俺は、爺ちゃんに、ぶっとばされて育ったんだ。怪我をしたら赤チンもねえぞ。泥を塗って治したんだ」

そう言って酒を飲み、くだを巻いて、時の総理の悪口を言って眠るだけ。湿布薬を買ってくれと懇願しても、一切応じず、泥だの赤チンだの一点張り。

母親は私の方についてくれるかと思いきや、駄目駄目家族で、

「頭の悪いお前が高校に行く時は、私立しか入れねえんだから、貯金だ貯金。湿布なんか買うか。だいいち高校も無理だろう。その時は相撲部屋入れるぞ」

笑いながら、節約、倹約、無駄遣いだという理由を、とうとうと述べている毒親。

とにかくめちゃくちゃな保護者であった。

助けてくれたのが、近所に住む同級生のヒロちゃん。余っている軟膏をこっそりくれた。ピーナッツチョコと一緒に。

「いいよ、あげるよ」

家庭状況が真逆なのか、優しく手渡してくれた、軟膏の固まり。

もちろん大会では力が発揮できなかった。

ご飯もケチケチで、ろくな朝飯にありつけたことがない。

やってらんない気持ちを何にぶつけたらよいのか。よくビランの道に進まなかった、東間《あずま》八丁目のター坊に敬礼だ。

極めつけは、小6から中1に上がる前、どうしても布団ではなくベッドが欲しく、戸田のお婆ちゃんに相談をしていた、購入が待ち遠しい、和室の子供部屋。

部屋は洋間に、そういった希望を持っていたが、絶対に家族会議（家を建てる前の希望調査）を開こうとしなかった昭和の頑固親父。それが当たり前の時代だったのかも知れないが。

畳で障子が挟まった六畳の部屋に似つかわしくない代物だが、意地ではなく、自分自身が何たるか、反抗期ではない思春期の証明として、バイクでもギターでもなく、「ベッド」を選択した小生。

野っ原で野球をやって、真っ黒になって、いつもの道を自宅へ。見るとお袋が、泣きながらこちらへ向かって歩いてくるではないか。嫌な予感はケーキを超えていた。

「何が、ベッドだ！　ここは日本だ」

二階のベランダから真っ逆さまに、見るも無残に、破壊もへったくれもない、寺内貫太郎の本物が北本にいたのである。

この時だけは私のがわについてくれたお袋。

「逃げよう」

しょぼくれた母の涙。

ドラマのように解決に導かれる最終回はなく、とんずらするか、死ぬか、ぶっ殺すか……本当の現実世界の厳しさを、この時学んだことになる。

退学

団塊の世代ジュニアではないが、子どもの数がとにかく多かった、あの頃。「夕やけニャンニャン」が夕方、フジテレビでオンエアされていて、どちらかと言えば、学校の方がお高くとまって偉ぶっていた嫌な嫌な時代。


私は偏差値による輪切りだか何だか、埼玉の某私立高校に入学した。軽微な違反、忘れ物をしたことから廊下に立たされ、教員が言った腐った言葉の数々。

「俺がお前らをぶつと問題になるんで、お前が自分で自分の頭を十回殴れ」

「1から100まで十回ずつ、反省の証として、明日までに書いてこい」

呆れてものが言えない低レベルな教育。

(いや、このままこの檻の中で三年間を過ごす屈辱には耐えられない)

そして数学の初回の授業で、

「今からテストをするぞ」

そう言って出された問題を解いて、息急き切って提出した時の絶望感。できなかった自分を恥じながら、次の日のテスト返し時の衝撃。

「百点が一人いるぞ、後は駄目だ」

返ってきた答案の点数は満点。

(おかしいぞ、内容は38＋96のレベルだ。……そうか、輪切りとはこういうことか)

歴史にも人生にも「もし」は禁物だが、辞めないで残っていたら、生徒会長に立候補。ちょっぴりよぎった変な高揚感。それでも、自分で殴った自分の頭の痛みは、心の傷として今でも残っている。

「許しませんよ、あの時の商業の先生」


もう一つ、退学の要因として、その学園の理事が「ミニ田中角栄」と称されていた人間だったことだ。ませガキだった小生、リベラルを気どりたかったのか、頭を叩き、ノート一冊数字書き、俺だけ百点満点。

「何だよ、これって」

退学への序曲は流れていたのかも知れない。

政治番組を親父と見ながらその学園理事の文句を垂れる。いつも酒のつまみになっていた、愚痴る的《まと》のど真ん中にその政治家はいた。

（おたくの学校と私の心根は舞台設定が違いすぎますね）

勉学ができるできないではない。感性や感覚、思考力のステージが違う。早熟で若年寄の私は、そう決意を固めた。


テストの百点は別として、校風が「ザ管理教育」と言わんばかりの工業系大学の付属高校商業科の三年間は、自分にとって絶対に無駄。飼い殺しも嫌だった。心も体も決断を後押し、いや、天命、運命、宿命。私は、テストの点数には現れないが、政治に関する問題意識は当時からある。

もっと違った次元の学園はないか、何かに抗いながら、何かに誘導されているかの

ように、中途退学の用紙にサインをした。説得も引き止めも、その教員からは全くなく、

「同じクラスの生徒に、さよならの手紙を書かせますから」

簡単な説明と簡易で機械的な儀式丸出しの応接室だった。もちろん、手紙なんか、のちにもらうはずはない。

近所の人に白い目で見られる屈辱感は、たまったものではない。それでも、辞める方が、自分自身のアイデンティティが保てる。

全てが拒否反応を示した、自己決定という決断を、三日間で行ってしまった。

自由を求めて

あほらしく、むなしく感じた小生は、別世界ではない、本当に埼玉県飯能市に実在する、自由の砦「自由の森学園」を訪ねることにした。

朝の高崎線はいつも混んでいる。特に北本市は免許センターがある鴻巣と仁村三兄弟で有名な上尾高校（長男は川越商業高校）のある上尾市に挟まれ、時間にもよるが、乗り込むだけでもかなりのカロリーを消耗してしまう。あの時は嫌いで仕方なかった（今は北本トマトカレーで有名であり、しっかり応援している）。

大宮で川越線に乗り換え高麗川駅へ、連れ添った母親は無言で、八高線の中でうなだれている。

「俺が今の教育界を変えるんだ」

一つ目の高校を三日で退学をした小生。何だか不思議と、次に向かって希望と野望が交錯し、ギラギラとエネルギーが湧いてきていた。しかし親としては当たり前であるが、ショックが大きく、眠れない日々を過ごしていた。

「お兄ちゃん、無理しないで」

決して、下の名前、それも呼び捨てすることは一度もなかった、蕨高校中退の肝っ玉の母。そうつぶやく、母ちゃんの顔色は黒ずんでいて、日高の山並みをディーゼル列車の中から見つめているだけだった。

東飯能駅に降りてびっくりしたのが、木造の駅舎が現存していたことだ（今はもうない）。

北本駅から東飯能駅まで、片道九百円近い国鉄（ＪＲ）運賃にサプライズを感じながら、改札を出たところで、一人の初老の男性が、簡易な折りたたみ椅子に座りながら絵を描いている。タクシー無線の声が乗り場に近づくにつれて聞こえてくる。

「絵を描いているからよ、どけって言えねえし」

運転手ならではの、がらっぱちなのか、ガザガザ音が東飯《ひがはん》の駅に響いていた。

「どうやって自由の森学園へ行くの？」

か細い声で母親が息子に尋ねてきた。

私立高校を三日で中退。しかし初年度納入金に関してほとんどは返金されない、私立学校がそっくりかえっていて、黙っていても生徒が集まった時代。

少しでも節約を、と「バスで行こう」と提案をした。

路線バスに乗るのも久しぶり。西武線の飯能駅と国鉄の東飯能駅が、意外どころではない近距離であることが乗ってみて判明。大きなタイヤで、バウンドする路面を感じながらの約二十分、停留所の名前は小岩井だ。降車する時に整理券と数百円を料金受にガチャンと入れた。


関東では、いや全国的にも「最後の砦」である自由の森学園は、「その筋」で人気のある学園として当時も超有名。

山に囲まれた土地なのに、何人かの親子も降りているのに気が付く二人。

歩いて十五分、白を基調とした校舎は自由そのもので、自森坂とでも言うのか、坂を上り、いざ受付へ、と高ぶる気持ちを抑えながら、門前払い覚悟で突き進んでいく。

談判の口上をイメージしながらの直進行動。

「話だけでも聞いて下さい」

私は思いの丈の一端を事務室受付の女性にぶつけていた。

「今、校長は職員会議中です。時間がかかりますが、お待ちいただけますか」

嫌がられていないようで、理事長兼校長室横の控室で、とにかく時間が経つのを待つことになった。

先客なのか何なのか、知っている顔の御仁《ごじん》がいるではないか。有名な俳優が息子と二人でパイプ椅子に座っていた。

わざわざ、職員会議を途中で切り上げてくれたらしく、学園代表は会ってくれた。前にいた歌手兼俳優の後に、しっかりとだ。そして、一世一代の大勝負、「直談判」への序曲が始まる。

フカフカのソファに座り、目の前にいる御仁は、明星学園小学校・中学校の校長を歴任した教育界の御大。

「どういったご用件で」

栃木なまりで、それでも気品のある、何とも言えない不思議なオーラを放つのは遠藤豊という人物だ。どっしりと構えたその風貌は、「学者」「教育評論家」「悪徳な越後屋」「古だぬき」「名物先生」いずれにも該当しない。まるで、空間を制しているような何かを放っている、今までに会ったことのない人間力の塊だった。

その場が、一瞬にして何とも言えない空間となった校長室で、それでも母親は下を向いているだけだった。

「先生、私は付属高校商業科を中退してきました。私をこの学園に編入させて下さい」

そして「損はさせません」と心の中でつぶやいた。

ただただ、理不尽な対応をされた前任校へリベンジするかのように、今の考えをとうとう創立者の校長にぶつけていた。

「倍率が十七倍あって、6クラスを8クラスにしました。今、君を引き受けるわけにはいかない。もう一年浪人をしていただくしか……大変だけど」

次年度の受験を促された。

お袋と二人、坂を下った先に見えるものはいったい何か。帰る途中の電車内での視線と景色が、全てオールフォーカスされたかのような高揚感に襲われていた私。

そして眠れない丑三つ時は、嬉しさと苦しさが錯綜していた。怖いし、おっかないし、それでも、前向きな興奮が胸に宿る不思議な夜だった。

自主夜間中学

あくる日の金曜深夜、ビートたけしのオールナイトニッポンはやっていない。どうしようもない、この高ぶりを誰にぶつけたらよいのか。

そこに、ある一冊の本——NHKおはようジャーナル監修『体罰』という書籍だった。

砂嵐覚悟でブラウン管TVのスイッチをONした（少しでも安心したいのか映っていない画面のノイズを聞いているだけで精神が安定した）。

「いや、まだ砂嵐じゃないぞ」

NHK教育テレビで、「人間いきいき」という番組が放映されていて、司会を演出家の蜷川幸雄氏が務めていた。

消してラジオに、と思った瞬間、「松戸自主夜間中学」の光景がオンエアされているではないか。登校拒否をしている生徒や、戦争や貧困で学びたくても学べなかった方々が、いきいきと語っているのが、私の脳裏に飛び込んできた。

高校を中退し、働いているわけでもない、後ろめたい状態。二〇二三年現在、不登校生徒の実態調査で、「約三十万人」がそれに該当する。しかし当時は珍しい時代のど真ん中。そういった生徒がいなかったわけではなく無視されていた。評論家の宮崎哲弥氏も「不登校」ではなく「登校拒否」をしていたと、某番組で語っていたほど。

番組視聴後、近所の人目を気にしながら、おそるおそる、北本駅へ向かう十七歳の朝。

大宮駅で東武野田線に乗り換え、千葉県柏駅へ。途中、お醤油の香りを感じながら野田駅を通過し、白色《はくしょく》の常磐線を横目に松戸駅東口にある松戸市勤労会館へ向かおうとしたが場所がわからず、

「勤労会館はどこですか」

と、ベビーカーを押している、幸せそうなお若いママさんに聞くと、

「目の前ですよ」

これから幸せが訪れるのか、そのママさんの笑顔と後ろ姿に、うらやましさを感じながら、狭い階段を上って行った。

会館の職員さんはとても親切で、

「今日は休校日です。来週が開学日ですよ」

空振りで引き返した時の切なさたるや。それでも、確実に寺子屋は開設されていることが確認できた喜び。


土日をはさみ、仕切り直しの一人旅。大宮駅で、立ち食い蕎麦に無理して天ぷらをのっけて、いざ千葉県松戸市へ。

飛び込んだ先で出会った校長は教育評論家の藤田恭平氏。元毎日新聞編集委員で、NHK朝の情報番組「おはようジャーナル」でコメンテーターとして出演するなど、尾木ママが出る前の、渋く鋭い教育評論で定評があった方だ。そして、毎日新聞での連載コラム記事「教育の森」で初代編集長も務めていた。

「自由の森学園行ってきた」と、ここにたどり着いた経緯について、額に汗をかきながら説明をした。藤田校長と遠藤校長は旧知の仲であることが、この時判明した。

「理事だったかなあ、あの学園の役員をやっているよ」

満面の笑みで語ってくれた、勤労会館三階のフロアでの不思議な出会い。週二回、約一年間、夜間中学で自由の森学園受験に向けての猛勉強が始まることとなった。


火曜と金曜だけは、家族の誰にもばれないよう、こっそり松戸へ。近所の人に見られているようないないような、逃げるように。

嫌で嫌で仕方なかった。東間《あずま》団地はきっちきちに家が建てられている。建売の団地だから当然か。完全に見られながら、自転車に乗って北本駅へ。

（嫌だったよお、引き戸の玄関扉が泥棒よけで音が最大に響いちゃってて）

松戸自主夜間中学でできた友達から、

「土曜日限定だけど」

法政大学の尾形ゼミで「法政大学自主夜間中学」が開校されていることを教えてもらい、結果、週三回寺子屋に通うこととなった高校中退の身分不安定なオイラ。

総武線の飯田橋と市ヶ谷の中間にある法政大学。大きく感じたキャンパス、無限大な広さ。

少しだけ大人っぽく見えた私も、大学入学手前の青少年であることは変わりない。東京のど真ん中に大学生には見えない変な若者が。交番勤務の方から見ればそう見えたのか、よく職務質問を受けた。

「はい、はい、こっち来て、法政大学の夜間中学に？　字でも学んでるの？」

「ええ」

会話がかみ合っているのかいないのか。平常心で何とか受け答えを繰り返していると、

「外登証（外国人登録証）持っているよね」

それが聞きたかったのか。

法政自主夜間中学では、自由の森学園受験の勉強もさることながら、文字を学びたい、オモニ（お母さん）たちに字をお教えするお手伝いもしていた。

「いえ、私は外国人ではありません。少しですが、教える方もやっています」

「ああ、ごめんごめん、先生ね、先生か」

態度の変わりように、世の中とはそういったものなのか、疑問と疑念を体いっぱいに感じながら、大学の正門を目指して歩く。

ＴＢＳ金曜ドラマの金字塔「ふぞろいの林檎たち」のファーストシーズンが放映されていて、最終回の名シーン、学生運動のアジトにお酒を届けるワンシーンではないが、自主夜間中学がある法政大学には、当時、立て看板が乱立し、チラシ配りの活動家の方々がいた。

「いるよ、いるいる」

薄緑色のヘルメットに迷彩服よろしく、棒は持っていないが、本物の学生運動家の出迎えを受けながら、いざ、ゼミへ。寺子屋ではないが、もう一つの学校「自主夜間中学」へ突き進む。

毎週土曜日は火曜・金曜も相まって、不思議な空間での体験の連続だった。まさに、もう一つのルーティーン、仲間との議論や討論もよくやった。お勉強より、よほど役に立った気がした。

終わった後、教えてくれていた学生・ゼミ生たちとの懇親会が楽しみの一つで、飯田橋駅付近の喫茶&レストラン「白ゆり」に向かうのが通例だった。お小遣いだけの生活で高いものは注文できない現状で、ミニステーキセット千円を注文するのが夢のまた夢だった。

最終電車ギリギリまで、大学生のお兄さんたちとの会話は、テストで百点を取ったことより、はるかに内容の濃い社会勉強となった。

ちなみに上野で高崎線の最終に間に合わない時の秘策として、特急が一便、桶川駅で停車してくれる。大宮駅から白タクに乗り合わせで北本に行った時もある。親父が大宮駅前で日本交通のタクシードライバーをしていたことから、後ろめたさを感じながら、世の中の裏側を垣間見ることもできた（けっこう白タクを利用している人たちがいて、担い手のドライバーも当時はいた）。

五百円の特急料金を払って直江津行きの高崎線に乗って桶川駅で降りる。そのことを見越して、一駅隣の桶川駅前の預かり所に自転車を置いておいて。

真夜中の上尾、桶川、北本は、静かではあるが、それなりに人の流れが確認できる。街灯が灯っているとはいえ、暗い夜道の真っ只中。午前様ではないが、青少年が一人、中山道をつたって自宅に向かう。すると、お巡りさんが見逃すはずもなく、飯田橋ではないが、ここでも職務質問に遭うことがよくあった。

「止まって止まって。こんなに遅くに、何しているの」

呼び止められて当たり前の十六歳から十七歳になる前の青少年の面影ある私。

「どこに行っていたの」

「法政大学にある自主夜間中学です」

「夜間中学って？」

まだまだ認知されていなかった、夜間高校ではなく「夜間中学」という物珍しい言葉の響き。

「どこに自宅があるの?」

「北本の東間団地です」

臆することなく、淡々粛々と答えを発した瞬間、

「今向かっている方向は北本じゃないよ、桶川だよ」

真逆のことを言い出すではないか。

「いえ、違います、間違いなくこちらが北本です」

そう自信を持って答えると、

「うん、ごめん、そうだよね。夜遅いから気をつけて帰ってね」

何とも言えない問答で家出人ではないことが判明したからなのか、敬礼はしてくれなかったが、妙に優しい口調に変わった。

(そういうことか)

警察官の聞き取りの極意を(ほんの少し)垣間見た小生。将来なってもいいかなあ、

と思わせてくれた、古典芸のような凄み。

　行きはよいよいではあるが、帰りは、悪いことをしているわけではないが、抜き足差し足忍び足風に、毎回、家路に向かっていたのを思い出す。

来年に向かって

松戸自主夜間中学は途中で晩御飯タイムが入る。畳の部屋が簡易な休憩室に早変わり。思い思いに持ち寄ったご飯をみんなで食べる。オモニが持ってきてくれたお握りと自家製キムチのうまいのなんの。

食べ終わると、荒川第九中学校夜間学校教諭の見城慶和先生が、私の対応にあたってくれた。

というのも自由の森学園はユニークな考査が有名で、二日間にわたっての本格的総合評価による試験が課せられる。国数英の簡易なペーパー試験と面接に作文、そして、表現活動として合唱、ダンス、演奏、朗読（当時）の中から得意な分野を選択し、等身大の自分自身を表現する。何を選び、自分のものにするか。その対策を見城先生に見てもらっていた。

私が選択したのは「朗読」で、太宰治の『走れメロス』を自分の言葉で語ることにした。先生は若い頃全文を暗記したほど、この作品に思い入れがあるそうだ。それをもって受験してみてはどうか、と事前に推奨してくれたことも決定の一助となった。

毎週毎週、その文章の一説を何度も何度も声を出して練習をした。他の生徒の邪魔にならないよう、給湯室で壁に向かってのメロスだった。


受験日程は二月某日、二日間にわたる。雪の舞う中、東飯能からスクールバスに乗って白い建物の中へ。

自分で自分の頭をひっぱたいた、あの理不尽さを、『走れメロス』に思い切りぶつけることにした。

二日間のそれはやはりけっこうきつい。終わった後のやり遂げた感。万が一にも落ちたら、という恐怖感。心の中での葛藤と戦いながら、発表の日を待つことにした。

二月末、自宅郵便受けに厚めの封筒が一通舞い込んできた。

「やった！」

封筒の厚みから手続きの書類と思い込み、高まる希望や野望。夢に向かって、はさみで封を開けた。

「ルックルックこんにちは」の「突撃！隣の晩ごはん」で発するヨネスケ師匠の張り切る声をＢＧＭに、はさみのシャリッという音が重なって、胸騒ぎを覚えながら開封をした。

結果は不合格。

（この厚みは何なんだ）

受かるのも落ちるのもその時の運で、たまたまよい出会いがなかっただけ。

丁寧な詫び状のような文面が書かれていた。だからなのか、より落ちたことが際立ってくる。しくじってはいけない戦に負けた感じがした。

パートから帰ってきて母に、

「終わったよ、駄目だった、もう死のうと思う」

言ってはいけない言葉をつぶやいてしまった。

それから、しばらく、というか当面というか、永久に夜間中学に行かないと心に誓う。受かってこその走れメロス。落伍した自分。自分自身で出入り禁止になった気がした。

(どうやって、死ぬか)

ネットもへったくれもない時代。言い放った以上、どう人生に決着をつけるか。ただただ、たけしさんが語ってくれるラジオに向かって、自問自答するしかなかった。

(電車か、薬か、刃物か……)

そう考えを巡らせ整理をしていると、三月、黒電話が鳴り響き、お袋が慌てて二階に上がってきた。

「お兄ちゃん、大変！　遠藤校長先生からの電話で、補欠合格の一番になっているって。数名辞退者が出たので繰り上げ合格だって。すぐ、入学の手続きをしろって」

映画のワンシーンなのか、途中からストップモーションのように空間が変容しているのがわかる。時間が一瞬止まったのか、気がつくと、泣いている母と握手をしている自分がそこにいた。手抜き工事をされた注文住宅の二階でだ。

十八歳の高校一年生

そこから、十八歳で、私にとっての高1がスタートすることになった。ようやく訪れた青春の第一歩だった。

入学前に、繰り上げ合格のお礼を言いに、白い建物が特徴の自由の森学園の校長室に行くことにした。

ニコンのF301を肩にさげて、一人、飯能に出向く。間違って、プラットホームから線路に落ちることがないよう、気を配りながらだ。それだけ命が惜しいと感じるようになっていた。

校長室に入っての空気感、変わらないオーラ。空間そのものは神社仏閣のあのにおいに似ている。

そして、受験以来、先生から発せられる、人間力とでも言える言葉の圧に、改めて

圧倒されながら、苦手で手こずったペーパーテストについて、

「できなかった英語については、補習を受けて挽回します」

読み上げたメロスには自信があったが、教科については、からっきし駄目。

そのことを詫びた途端、

「君なら大丈夫だよ、思考力もあるし」

淡々と分析を完璧に済ませたのか、説得と納得のコラボが絶妙で、心地よいエネルギーいっぱいの返答が届いた。


十八歳で高校一年生に、あだ名が「おじさん」にならないよう若づくりに気をつかいながら、ヒヤヒヤしながら四月を迎えた。

「石塚君、免許証持っている。十六歳じゃないよねえ」

案の定の突っ込みに、想定内の状況ではあるが、照れくさい顔を演出しながら、ごまかすことに精一杯であった。

ところで、食育という言葉がまだない時代ではあったが、この学園の食堂は無農薬や自然農法の食材が中心で、飲料の自販機には低温殺菌牛乳がラインナップされていた。

初めて食堂に向かった時、見覚えのある人に出くわしてしまった。「北の国から」の純役で有名な吉岡秀隆さんに似ている学生がいるではないか。

「そっくりな人もいるもんだなあ」

と、小声でつぶやくと、近くにいた生徒が聞いていたのか、

「本物ですよ、俳優の」

そして、一年先輩には「男はつらいよ」の満男役アクターもいると判明した。

充実の学園生活

学園そのものの懐の深さを感じた小生は、俳優に限らず、リアルな「ほんまもん」がいる謎の学園で、今まで感じることのなかった感覚に包まれながら、えっちゃらおっちゃらの長距離・長時間通学が始まった。

この学びの園の特徴の一つに、内部進学生がいること、そしてそこには何とも言えない縦関係が垣間見られた。つまり六年間、学園生活をおくる生徒たちがいる。かけっこの速い、たーちゃんこと私の真骨頂、登校拒否で諦めかけていた陸上について、この学園でできるかどうか。中学と高校でそれぞれに部が存在するかどうか。まずは確認のため、体育科教官室に足を運んだ。

体育会系ではない自由の砦。ドアを開けてきっちり挨拶をかわそうと、下げかかった頭を上げると、面接試験でお世話になった先生が出迎えてくれた。

「おお、受かったか。面接で〝A〟つけたから、いつ来るかって待っていたよ。作文に陸上やってたって書いてあったしな」

初めて会ったとは思えない、気さくな応対で出迎えてくれた。まるで、兄貴のような雰囲気を持った体育科の上河《うえかわ》先生（兄貴と呼ぶ）との出逢い。

「あに立ってんだよ」

「な」を「あ」と発音する飯能弁が妙に心地よい。早くソファに座れと促され、ボロボロのそれに腰を掛けた、足の速かったたーちゃん。

「おう、飲めよ」

お茶を差し出してくれた兄貴の心づかい。教官室の汚いテーブル隅に置いてあった「四里餅《しりもち》」をわしづかみに、

「食えよ」

そう言って歓迎してくれたことから、何かが始まる予感を、甘さ控え目の「餅」の余韻を感じながら、ドキドキワクワクを抱えてその部屋を後にした。

人前でうたうことは苦手中の苦手の私。音楽の授業は専用の音楽ホールで行われていた自由の森学園。

最初の授業で出会った曲は「ケ・サラ」で、上手い下手ではない、みんなでうたい上げる一体感が特徴の授業展開だった。

思い切り、音を外しながらの「ケ・サラ」は、とにかく気持ち良い。ホールに敷いてあるモカアイス色のカーペットに座りながら、絶対音感のない小生は大声を出してうたいまくっていた。

ふと見ると、入口の重いドアが開き、真のビックリ仰天！

「ケサラ、ケサラ、ケサラ〜」

野球評論家の野村克也氏とその奥様。サッチーとしてテレビに出まくる前の奥方とご一緒に入ってくるではないか。

陸上部所属とはいえ、スポーツ全般に興味関心があった私と、隣でうたっていた石川君。気が付くと、出て行った野村夫妻を、ケサラをうたいながら追いかけていた。

渡り廊下付近で、ようやく追いつくことができた。

「すいません、サインください」

緊張が頂点に、噛み噛みの言葉で、奥様の方に語りかけてしまった。ムスッとしたノムさんの不機嫌さが小生にもわかった。

「あら、私でいいの？　旦那の方でしょ」

西武ライオンズを最後に引退したノムさんの方に目をやると、

「野球部か？」

第一声からして、ベースボールを愛していることがうかがえる深さを感じながら、サインペンを忘れたことにモジモジしながら、

「いいえ、陸上部です」

つい本当のことを言ってしまった、上下ジャージのオイラ。

「今、何年生だ？」

「はい、高校一年です」

「あと三年間あるがな、野球やれ、野球を」

できる奥様が差し出してくれたペンでサインをしながら、ぶつぶつと語ってくれた、スコープ解説で有名な野村元監督。いただいた、それには、

「生涯一捕手」

そう書いてあった。

どうして見学に来たのか。息子である克則氏は、東京の堀越学園に入学することになっていたのに。


放課後は絶対、陸上部に専念と、兄貴との衝撃的な出会いから誓った心の中の約束。毎日毎日、安息日である日曜を除いて、部活動と部活道に向き合う日々が続くことになった。

広いグラウンドに出ると、野球部の練習が活発に行われていることが確認できる。陸上部の練習場所は樹木が植えてある横を中心に直線ラインがあり、ここを拠点として、腿《もも》上げからスタートして陸上漬けの毎日が始まった。

さて、部員はいずこにと、四方に目をやると……誰もいない。

（陸上部員は、私一人？）

レフト側に陣取っているため左翼側からボールが飛んでくる。それをよけながら、ダッシュから、何から何まで一人ボッチの練習。

それでも気持ちを引き締め直して、ダッシュにダッシュ、猛ダッシュ。その瞬間、

「すいません、遅れました」

妙に小っちゃい少女が、突然私の前に現れた。

「中等部一年の大川千恵です」

六学年の意味がようやく理解できた。この学園では中高を切り離すことなく、部活に限らず行事も含めて、この縦軸が現存することを、この彼女との出会いから知ることとなった。

そして、捨てる神あれば拾う神あり、コツコツと二人きりで練習していると、口コミなのか、だんだんと部員が増えてくるではないか。気が付くと十名を超える部となっていた。とはいえ、強豪校に比べれば、まだまだだ。それでも長期の休みには、通い

の合宿を行ったりと、充実した部活動ライフをおくっていた。

他の部活も活発で、野球部の面々には、一定のリスペクトがあった。というのも、陸上部に限らず、毎日グラウンドで出くわしていたことから、会話はしないが、何か共通の想いを共有していた。


年かさの小生。先生方、恩師からの頼まれ事も多かった。

スチール写真（ネガフィルムを現像するタイプ）、ハンディカムのビデオカメラ（パスポートサイズの８ミリビデオカメラが出る前）をお袋に無理を言ってローンで買ってもらっていた。

購入したのは飯能に店舗があった「マツモト電器」。働いていたのが、自由の森学園第二期卒業生の片岡大志。音楽活動をしながら、アルバイトをしていて、おかげで特別価格で手に入れることができた。

登校拒否をしていた頃、山田太一先生の作品のファンで、なべおさみさんが登場する「終わりに見た街」は、身体中に電気が走り、いてもたってもいられない衝動を抑えきれず、近くの東間公園に頭を冷やしに出て行った経験がある。

まさか、自由の森学園の教員に同じファンはいないだろうと思っていたら、ある教員から、

「川崎先生を訪ねてみては」

そう言われた。社会科の川崎先生が、無類のファンで、「男たちの旅路」シリーズを全て視聴しているという。

その後、社会科研究室を訪れた時、意気投合し、心の中の握手が成立した。

そして、山田太一作品群について語り合う日々が、陸上とは別に続いた。

その先生は芝居好きで、自身も俳優活動をしていたことから、

「おい、石塚、ビデオで撮ってよ」

撮影班として頼まれることが多かった。

川崎先生からのオファーで、一度だけ不義理をしてしまった。

「石塚、芝居の脚本書いたから、主役で役者やってよ」

当然、了承をしてくれると思ってのオファーだろうが、「手掌多汗症」という、秘密にしていた病気を抱えていたため、先生の自宅マンションに、断りの手紙と一緒に預かった脚本を返しに行った。

大概の頼み事を、「学園家族」という心情で引き受けていたが、その当時、この病気の認知は皆無。手のひらと足の裏に、四六時中汗をかいていたことは、陸上でも、恋愛でも、電車のつり革を持つのも、全てわからないよう、ごまかしながら生活をしていた。俳優なんて、汗ビッチョリでは演技に集中できない。

ピンポンを押せず、郵便受けにそれを入れた時の、淋しい心情。今でも嫌な思い出が残っている。

ソニーの８ミリビデオカメラが隆盛をほこり、パソコンはＰＣ88シリーズやエプソンの互換機が安価な価格で販売されていた、もう少しで平成になる前のワープロ全盛時代。

ガソスタでアルバイトしたお金で、ソニーのワープロ「プロデュース」という小さいラップトップ型を購入し、当時では珍しい、授業をワープロとノートと併用で板書を写していた。

そのことをどこかで知ったのか、あまり個人的に話したことのない、日本語科の西村先生から電話がかかってきた。

「お酒の呑みすぎで、血圧が高くて、頭がグラングランで、石塚、悪いけど、文集の原稿、俺に替わって打ってくれんか」

少し遠くに感じていた先生からのご依頼に断る気もなく、

「いいですよ、陸上の練習終わってから下宿でやりますが」

この教員には、派手さはないのだが、渋さというか何というか、味方ではないが敵でもない、不思議な感覚を覚える方であった。

このタイピングに関して、引き受けた理由に、二度世話になった過去がある。

当時は子どもの数が多く、埼玉県でいうと、いくら私立学校があっても足らない状況（評論家で元埼玉県議会議員の小沢遼子氏も同じことを発言していた）。

自由の森学園も大人気で、入れなかった生徒さんが次年度にもう一度受験を、そういった行動も珍しくなく、不合格後の翌年、飛び込みでスクールバスに乗り込んできて見学に訪れる浪人さんも珍しくなかった。

「すいません、生徒ではないのですが、自由の森学園にどうしても興味があって。先生ですか？　生徒さんですか？」

そう聞いてくる部外者の方がバスの隣の席にいた。

「生徒ですよ。どうなるかわかりませんが……私の1年5組に来てみますか？」

空いている机に座ってもらい、追い出されないかどうか、心配が募る中、西村先生の国語（日本語）の授業が始まった。もちろん、その浪人さんに気づき、

「特別ゲストが今日は来ていますね」

快く受け入れて下さり、一緒に授業を受けたことがある。このパターンが二回、月日をたがえて許してくれた。

自由の森学園の懐の深さを感じる瞬間であった。今は防犯の関係でできないと考えるが、確かに、あの日あの時、自森解放区が存在したことは間違いない。

締め付けられた胸の痛み。そのゲストさん、いつの間にか、バスかタクシーを呼んだかわからないようにいなくなっていた。一日だけの出会い、約四十年の歳月が経ってしまった。

日本テレビで夏にオンエアされていた「鳥人間コンテスト」に、人力飛行機部が連続出場していて、私は二十歳で高3になることから、非公式ではあるが、

「石塚君は大人の年齢に、いずれなるよねえ。飛行機のパイロットは責任を伴うことから、石塚君に、ひょっとしたらお鉢が回ってくるかもね」

運動部だったことと二十歳になることを見越してのオファーに、

（とにかく、体を鍛えておかなくては）

妙な期待を抱き、使命感に駆られていた（もちろん私は飛んでいない）。

いつも、何かに出くわし、頼み、頼まれの連続が、森の中に足跡のように刻印された。もしも、アカシックレコードが本当に存在したら、この学園のことは記憶不可能な「エラー」になるような気がしてしまう。

学園との別れ

あっという間に年月が過ぎ去り、高3で二十歳を迎えていた吾輩は、部活の部長として三年目を迎えていた。

高3は修学旅行がある年で、私は当初、中国コースを選択していたことから、その学習会に明け暮れていた。しかし中国民主化が学生を中心に叫ばれ、例の天安門事件が勃発していた最中だった。

トップである遠藤校長は、この状況、国際的にも注目を浴びている事件と修学旅行をどうするか。担任の吉村先生は学校交流として現地で気球を飛ばすことに力を入れているため、行きたくて仕方がない。

現場の雰囲気は、

「だからこそ、行くべきだ、意義がある」

「行きましょう」

若さなのか、つっぱらかった、猪突猛進の進言。

「ここまで、コースの中身を作ってきたんだから」

しかし校長の決断は、「中国コース中止」だった。

期待していた生徒からは一部ブーイングもあったが、他のコースへ移るか、新しい新コースを創設するかといった英断を迫られることになった。

小生、悩みに悩み、新設された「韓国コース」へ参入することにした。

一週間という韓国への旅行期間中、陸上部をどうするか。

二十歳になった私は、居酒屋若大将に呼ばれていた。顧問が天覧山という地酒を飲みながら、あっしを待っていた。

「石塚、心配するなよ。後輩たちも育っているから、安心して行ってこいよ」

副部長格の下田がいない間を取り仕切ってくれる算段に安堵感を覚えながら、菊水ふなぐちをちびりちびりと口の中へ。遠慮も交えながら二十歳の私は、つまみに一切手を付けず、上河先生の天覧山の減り具合を確認していた。

「天安門事件でキャンセルとなった中国の分も、修学旅行に行ってきます」

二合徳利を上河先生に注ぎながら、決意を語った陸上部部長のおいら。

行くにあたって費用は戸田の祖父母が用立ててくれることになっていた。一週間の韓国で、約十五万円。部員や教員へのお土産代も含めると、少しかさました金額を、じいちゃん・ばあちゃんに申告していた。もちろん、祖父母への土産は一番デラックスにしたことは言うまでもない。


あっという間のトラベルで、ロッテワールドで大学生と間違えられ、店員さんにナンパされたことを土産話に、3年5組の教室に戻ってびっくり！ 黒板一面に、

「お帰りなさい、先輩、部長」

赤や黄色のチョークを駆使して「黒板アート」が描かれているではないか。中1から高3まで、まさに六学年が一体となった、「学園家族」がそこに存在した。

写メもSNSもない時代。クラスメートからの、ちょっぴりピリピリした嫉妬がに

じみ出る視線を感じながら、黒板消しでやむを得ずのふき取り作業を行った。

「血のつながらない家族」という絆を感じとった私は、もう少しで訪れる「卒業」について、

「時間よ止まれ、止まってくれ！」

グラウンドを走りながら叫ぶしかなかった。


教員になろうと思わせてくれたきっかけの一つに、授業を二コマ任されたことがある。高校生のあっしに、だ。

体育科のある先生が所用で休みに。選択講座「陸上」の授業に穴が空いてしまう。

「おい、石塚、お前やるか」

そう言って私に「臨時で取り仕切れ」という命がきたことがある。この時は少し舞い上がり、浮足立ってしまった。

「よし、やってやるぞ」

教員見習いではないが、約二時間。見様見真似で、上河先生が日頃、授業で発している言葉や体の動きを思い出しながらの、あっという間で時間が過ぎていた。そして、遠巻きで川田先生がこちらをジッと見つめている。あの時の視線は今でも体に染み込んでいる。


体育科の先生方には本当にお世話になった。後で出てくる、陸上部主催の「校内記録会」開催に向けての準備。うまくいかない自分を恥じる、人の使い方が下手な小生。

「石塚は、全部自分でやっちゃうから」

任せてよいところを託すことができず、抱え込む癖があった。というより、自分を安心させるために、そうしていた。うまくいっている時はよいが、壁にぶつかり、悩み苦しむこともざらだった。

「もう駄目だ、相談に行こう」

そう考え、担当教員の下へ行って、指示をあおごうとした。

「すいません、どうにもならなくて」

大事な進路に関しての特別指導中、女子生徒とバスケットボールを使って実技練習をしていたところに、伺いに行ってしまった馬鹿な小生。

「お前が仕切ってんだから、お前の責任でやれよ」

人間誰しも機嫌の悪い時はある。

「すいませんでした」

そう言って後にした時の、歯車の合わないことへのもどかしさ。想いをぶつける場所がどこにも見つからない、自分でやるのが当たり前にしてしまっている自分。

気持ちが折れることを、学園家族の中で初めて経験してしまった。

振り返ると笑顔で生徒とボールをやり取りしている。一人ということの真の淋しさ、彼女がいないことへの歯がゆさ。

私の背中がいつもと違うことに気づいたのは教員の乗本《のりもと》。

下宿先に置いてあった、ワンカップ大関を見つめながら、じっと耐え忍んでいる、おいらがそこにいた。

ピンポーン
玄関先には、三人の体育科教員が青ざめた顔色で立っていた。何を話したのか、どんな会話をしたのか。

気づくと、うどんの美味しい名店「沼」にいた。一緒にうどんを食べ、余った猪口に残ったつゆを見ながら、

「すいません、釜湯もらえますか」

上河先生が、そう声を発していた。心に染みた、あの時のうどんのしょっぱいのなんの。


そもそも私がここまで追いつめられていたのは、迫る「卒業」を意識し、何か己の「証」を、と考えたからだ。

その証拠としてのセレモニーについて、陸上部主催の「校内記録会」を開催することを思いついた。そしてそのことを全部員に告知することにした。「学園家族の証明」といった感じだ。

嬉しいことに、この取り組みに対して、野球部やサッカー部といった運動系の部活が全面支援をしてくれて、参加のエントリーに名前を連ねてくれた。全体で千人以上いる中高一貫教育の自由の森学園。約十分の一にあたる家族の面々が大会当日、参集してくれた。

中でも、リレーに参加してくれた、中2の笠島正一郎君のことは思い出深い。決して速いとは言えないが、一所懸命にバトンを大事に握りながら、転びながら大会を盛り上げてくれた。

「先輩、今日は主催して下さりありがとうございます。二回目もお願いします」

土で汚れた半ズボンを払いながら、垂れた鼻水を指で拭っている正ちゃんの笑顔。

(開催してよかった)

安堵感と卒業への何とも言えない恐怖。

(第二回は無理ではないか、卒業しちゃっているよ)

「証」としてのセレモニー。「学園家族」とは自由の森での自分の証明探しを助けてくれ、三年間の在学期間を六年間過ごしたかのように感じる空間も与えてくれた。まるで縦軸と隠し味の横軸。

真の証明とは、いずこの森に――。

右手に持ったティーカップを口元に、喫茶店チャティで、自分では経験できなかった六年間六学年をしみじみ思いながら、

「成人式には欠席しよう、一日一秒を大切に」

自由の森学園を大事に、そう決断し「欠席いたします」に丸をつけ、出席に横棒を引き郵送することにした。

後日、参加しなかった人には、渡せなかった粗品を最寄りの出先機関に取りに来るよう封書が届いていた。

旧飯能図書館に引換券を持って受付に行くと、出迎えてくれた市役所職員さんは、選択講座「生活を問う」で企画上映した『柳川堀割物語』（製作宮崎駿／脚本・監督

高畑勲）で実行委員としてご一緒した方だった。バツが悪く、二十歳がばれてしまった瞬間だった。その方も、こちらのモジモジ感を察してくれたのか、大きなアルバムの粗品を渡す際、目線を外しながら手渡ししてくれた。

式も大事だが、一歩後退という、ボイコットではないが「学園家族」と引き換えに、二歩前進という選択をすることにした、おいらだった。

そして、来てはほしくない卒業式前日という、超現実的な証の終焉。

大学進学という、登校拒否をしていた頃の自分からは考えられない、学士への憧れを実現。進路に向けての動きは、さようならとの引換券を無情にも受け取るしかない、後戻りできない、新世界への出発。

「新設校指定校推薦」で勝ち取っていた、東京経済大学経営学部への進学という、新たな学府への旅立ちと学園家族との別れ。

この空気感は口で説明がつかない、自由の森学園ならではだ。外へ羽ばたくことの恐怖と自由から「バイバイ」と言わなければならない、卒業という高い高い関所。

（外へ出て、自分で、本当の自由を勝ち取れよ）


いつものように、グラウンドで練習を済ませた私は、あることについて忘れていたことをふいに思い出した。

「そうだ、恋愛だ」

年齢のこともあり、相談に乗ることが多かった陸上部の部長。ここだけの話、教員の仲立ちもしたほどだ。

振り返ると自分にいないことに気づいてしまう、人の世話ばかり焼いていた三年間と心の中の六年間。大事にしたい学園家族はあくまでも家族。仲介役が似合っていると自分に言い聞かせるしかなかった。


飯能はうどんが有名だが、もちろん蕎麦もうまい。下宿で自炊をしていたが、駅前を中心に街に出て済ますこともあった。

肉汁うどんの「こくや」さん。

セットメニューが充実していた、何でもうまい「美津村」さん。

飯能市役所前の手打ちが決め手の「利根うどん」さん。

ラーメンと餃子がとにかく美味しかった「大穀」さん。陸上部の練習で疲れた時の大穀の餃子、特にたれが味の絶対音感で、真似ができない、思い出のテイストであった。

へそから下の甘酸っぱい思い出を一つ。サッカー部の生徒たちとよく出くわした、飯能唯一の銭湯。当時、三百八十円だったたか、番台のお姉さんに、

「あんた、かわいい顔しているねえ」

ジャージを下げ、思いっきりある部分を押さえながら、湯舟に飛び込んだ記憶がある。

スクールバスの最終の最終に乗って、飯能のアパートに。結び付けた後輩たちと成立したカップルの顔を一人ひとり思い浮かべながら、日本酒の一升瓶片手に、気が付

くと深夜の三時。

本棚に目をやると、広瀬隆の書いた『億万長者はハリウッドを殺す』の横にある『体罰』という本が目に留まった。「人間いきいき」を視聴した、あの夜のあの一冊。明け方まで、何かままならないことを直視しながらの一気読み。

心を動かしてくれた、二冊の本にもう一度敬礼をし、時計の針を見て、人生の第二幕、第三の自我に向けて、いざ「卒業」という、学園家族解散式へ。


徹夜をした私は、上下ジャージのまま、その日だけは駅からタクシーに乗って、白い学園を目指した。

「運転手さん、親父が大宮でタクシーやってたてね」

二千円を差し出し、

「おつり、取っておいてね」

最後ぐらい、ほんのちょっと。

「いいんですか、先生、チップなんかもらっちゃって」

生きてきた「証」はこれか。嫌ではあったが、若年寄なのか、よく先生に間違えられていた。

やり遂げた感と、間違いなく閉じる、人生の第一章。幕目の一幕をどう閉めるか。

体育館での卒業式は二日酔いの中、本ちゃんを迎えることになった。会場の体育館は、保護者や在校生で、数千人がひしめき合っていた。来賓には前理事で飯能市長選を制した、新市長、小山誠三が来場している。

うつむいているばかりだった母親にも、この時ばかりは来てもらうことを約束していた。私が過ごした「学園家族」については一切知ることなく、母は飯能の山に来てくれていた。

式は手作りで、高校二年生を中心に実行委員会が催し、大人のさじ加減はほとんどなく、本物の「自治」がこの学園には存在した。だから、この学園では、自然とできちゃう、やっちゃう生徒たちが大勢いた。

両手いっぱいの花束は何故だか嬉しくない。本当は喜ばしいのだが、もらえていない同級生の方が大多数だ。そんな人を意識してしまう小生の駄目な癖。ゴッドファーザーのワンシーン「言葉を大事にしすぎる」ではないが、人のことを考え過ぎる点がある。

式後の切なさとは、時間が絶対に止まってくれないこと。

「そうだよね、母さん」

ふと周りを見ると、皆、「血のつながった家族」が嬉しそうに写真を撮っている。中にはソニーのパスポートサイズの8ミリビデオカメラで動画を撮影している人もいた。

花束が悪目立ちしないよう、半分をお袋に預け、簡易カメラを持ってきていた母ちゃんに、

「担任の先生と一緒んとこ、撮ってよ」

最後の儀式、先生との写真撮影をお袋に委ね、簡易カメラを渡して「お願い」と目くばせをすると、何故だか不思議と撮ろうとしないお袋の目が真っ赤で、あの時と同じように下を向いているだけだ。

吉村先生に、「後回しで、すいません」と言うと、

「どうしたの、お袋」

心配そうに話しかける私は、母の固まった顔、それでもかすかに震える手を見て、

「また、やられたの」

呑んだくれの父が家で暴れて母ちゃんに手を上げたと思った。そして、カチカチに固まった、小っちゃくなった、母親の喜んでいない様子を感じた。とにかく早く、北本に帰ってもらうことにした。

下宿に帰って一息と言いたいところであるが、実家の北本に戻らなければならない。荷造りやら何やら、慌ただしい年度末となった。

後でわかったのだが、カメラのシャッターが押せないほど痛手を負ったのかと思い込んだ小生だったが、

「お兄ちゃん、ごめんなさい、怪我じゃないの。本当は、使い方がわからなかったの」

最後まで自分の学歴について、幼少時代も含め、無理やり蕨高中退とこちらが言わせた以外一切語らなかった昭和十六年生まれの母。メカに弱く、そのことをごまかす

ために、おちゃらけキャラで有名だった名物母ちゃん。見栄を張って、無理やり購入したミシンも使った試しがなかった。

小生、実家の北本に帰って、生活は一八〇度変わった、いや元に戻った。毒親との再会。待ち受けている父親の酒癖の悪さ、ベッドを破壊した、めちゃくちゃオヤジとの改めての毎日。毎晩毎夜、お袋をとっちめ、くだを巻き散らす日々が続いた。相変わらず、東間団地にそんな不幸な音ばかり響いた。

教員を目指して

入学した大学は六年かかっての卒業となった。

途中、母校自由の森学園から、学園寮の助手兼陸上部のコーチとして呼び戻されることに。働いている時だけ、その瞬間だけ、刃傷沙汰寸前の破滅している北本の家族を忘れることができた。

中1から高3まで、本当の兄弟姉妹ではないが、疑似家族を越えた感情移入が飯能の小岩井に存在した。

そして、経営系の大学で、社会科と商業高校の教員免許が取得できて、教職課程を選択していた私の教育実習先はどこか——なんと「自由の森学園」の中等部で行う許可が事前に下りていた。

助手とはいえ、れっきとした職員であることから、その間、年次有給休暇をもらって、約一か月の「学園家族」の延長戦が始まった。


3年2組の担当となり、指導教官には、自由の森学園中等部社会科で、地元の公立中学校の先輩でもある先生が担ってくれることに。

フィリピンのミンダナオ島で栽培されているバナナについて、スライド映写機を駆使し、研究授業に向けての奮闘がスタートした。

クラスの生徒は私にとって、かけがえのない大切な後輩たち。名前を覚える速度も一段と加速していた。

このクラスには、私が面倒を見て、目をかけている寮生ももちろん在籍している。

教育実習期間も、あっという間の一か月間。

研究授業のその前夜は徹夜で、あの卒業式とは違った完徹を経験した。

なんと三週目には、隣のクラスの生徒が特別参加してくれたのも嬉しい悲鳴だった。
この学園には、そんな懐の深さが存在した。縦軸もありゃ横軸もだ。

ヘンテコ家族

日曜日にはよく、テレビ朝日の「サンデープロジェクト」を親父と一緒に視聴した。家庭崩壊はしているものの、離婚もせず、家族散り散りにもならず、形だけのヘンテコ一家がそこにはあった。もちろん、機嫌のいい安息日だけだが。

ジャーナリストの田原総一朗氏は成長期も含め、社会科の教員としての礎をつくってくれた恩人とでも言える方だ。

深夜の情報番組「トゥナイト」では、某ジャーナリストのスクープを取り上げた回は、命がけの取材に、世の裏側がまだまだ実存することが確認できた。カリカリ受験勉強なんてやっているより、よほどためになった。

明星学園小中学校の元教頭だった、無着成恭氏への単独インタビューは、その後の

人生に多大な影響を与えてくれる内容で、今もって感謝だ。追いつめられる無着氏の姿は、見たくないというより、

「何故なんだ」

疑問符を打ちながら、画面に食い入っていた。

教育実習をやり終えた週のサンプロは、元伊藤忠商事の瀬島龍三氏がゲストに。シベリア抑留から商社勤務に及んだ経緯、臨調の表が土光さんで、労組や中核派対策といった裏側は氏に託される、暗部を仕切った凄腕の持ち主。

田原氏の鋭い突っ込みにも、動じることなく、例の件に近づきそうになると、氏は必ず、どの番組でも、

「墓場まで持って行く話がある」

そう言って、核心部分に触れさせない強い意志。この一点張りを貫いたからこその、あの組織から委託を受け、陰と陽の間《はざま》を結びつけた、見えない日本の裏の裏（二重スパイ説もあるが）。

テレビ画面に向かって、ああでもないこうでもない、父と二人、焼酎をちびちび酌み交わしながらの討論が好きで仕方なかった。昭和の堅物オヤジの、巻くくだの軽減に、田原氏の番組が貢献してくれたこと、硬派なテレ朝特有の番組があったからこそである。

年末年始はテレビの特番が目白押しだ。

特に気に入っていたのが、年末の大みそかにオンエアされる「朝まで生テレビ！」。一年を締めくくってくれた。毎年毎年、少しずつ家族の会話が失われ、仮面家族と核家族化のコラボは、とにかくきつい。それでも、この大みそかの紅白歌合戦が終わった後のスペシャル版の討論番組だけは、絆をつないでくれた。仮面を少し被っていても、一家団欒の輪が狭いリビングにこだました。

「お兄ちゃん、お兄、始まったか」

そう言って、父や母が眠い目をこすりながら集まってくる。

「寝ないで見ちゃおうか、除夜の鐘聞きながら」

田原さんは相も変わらず切れ味がよい。この頃はスイッチが入ると手に負えないほど、司会であることを忘れてしゃべり続ける。

名だたる評論家や政治家、はたまた、できたばかりの肩書、経済アナリストの面々らが席を埋めていた。「こんにちは2時」で司会を担った経験のあるキャスターもパネリストとして、末席ではなく、総一朗氏の横に陣取っていた。

「あの人たちは、いったい何なんですか」

スタジオが固まったまま、誰も返答をしない。田原氏も眉間に少ししわを寄せるだけで、このコメントには一人も絡まずオール無視となってしまった。まるで、そうせざるをえない、放送事故のようだ。どの世界でもタブーはある。

「お兄ちゃん、もう寝るわ」

そうつぶやきながら、両親ともに別々の寝室に行ってしまった。

親父の背中を見るたびに、小さくなっていることを感じる。それだけ自分自身が成長している証なのか。甘いものを夢中で食べて、だんだんと小太りになっていくお袋は、偽物の愛を求めて、悪徳商法に引っかかっていく。過激な討論番組の奥深さを、どれだけ理解しているのか。

マスメディアの受け売り専門のオヤジの悪態を、割烹着で受け止めるお袋の行く末。考えれば考えるほど、家庭崩壊の次に待ち受けている、事件化の予感。

生テレビの方がまだマシ、うらやましい。自由闊達な議論の数々。


親父が育ったのは上州群馬の東村だ。中学を卒業して、逃げるように埼玉に。就職したのは運送業の助手として。

「『そこに荷物置いとけ』なんて言われるのは当たり前だよ。あの頃はきつかったよ」

長男なのに、どうして田舎を捨てて、隣県とはいえ飛び出したのか。最後の最期まで理由については言わずじまいであった。

真似をすることはないだろう。

北本の実家で、お袋を守る意味においても、そう考えていた長男の私。

学園家族再び

大学に籍を置きながら、母校で助手として働く。家庭環境はボロボロであったが、家族のような学園との関係はよく、生徒対応に関しても、生きた教材として、先輩教員からリアルタイムで学ぶことができた。

山田太一脚本の「あめりか物語」というドラマは何度観ても新たな発見がある。明治末にフロンティア精神で大陸に渡った日系一世の話で、病気で病床にふし、年を取っても自分が忘れないでいる何かの証。

「そうか、畑へ、出ちょうか」

出られなくなった動かない体ではあるが、田畑に出ている二世に対して、誇らしく語る一世の心。

自由の森学園高等学校を卒業し、大学在学中に寮の助手として戻らせてくれた粋なはからい。陸上部のコーチを兼務し、専用グラウンドに出向く時の、引き締まる気持ち。毎日でも泥まみれになって走り続けたい、真っ暗な校庭と誰もいない校舎棟。

いつものように寮での日勤勤務を終えて、野球部もサッカー部もいなくなったそこには何故か自転車が見えるではないか。在校生ではないことだけはわかる。近くの小学校の子たちが遊びに来ているではないか。

話をすると、前から自由の森学園のことが気になっていて、近づいてよいものかどうか、悩んだ末の来訪だった。

「いつも気になっていて、グラウンドなら大丈夫かと思って」

小さい自転車は、その子たちにとって、とっておきの移動手段。前から学園のことを気にしてくれて、一歩前へ、突き抜け、駆け抜けてくれた行動に、直談判しに自由の森学園を訪れた自分と重ね合わせていた。外側からのアプローチに何だか気分が高

揚し、連絡先までは交換しなかったが、

「また来週、遊びに来なよ」

小学校五年生のお兄ちゃんたちとの約束ができた、むずがゆい森の中の喜び。

その日は、妙に淋しさがマックスに達してしまい、車を市街に駐車して、居酒屋「喜亭」に出かけた。

大学と寮監助手の二足の草鞋。卒業後は専任の寮教師に。思い通りにならないのが人生ではあるが、なりたくて仕方なかった、自由の森学園専任化への道筋。

「次は石塚だよ、寮監は」

そう言われながら、実現は一度もしなかった。

ある保護者からは、

「石塚さんは、子育て経験がないし、結婚もしていないんだから……」

厳しい現実味あふれるご指摘に、むしゃくしゃした気持ちを「喜亭」で酒を呑んで憂さを晴らす。いつも、萬寿鏡を呑んで端っこに陣取っている、社会科の先生と語り合いながら、北本の実家に帰りたくない気持ちを、カウンターにぶつけていた。

小学生との出逢いを、そして来週もう一度、会う約束をしたことを思いながらチビチビとだ。

来週会おうと言った切りとなった、小さいお兄ちゃんたちとは、約三十五年たった今も会うことができていない。

弟

本当の家族に大切な弟がいる。親父が名前を「知美」とつけた。名前の由来についての真相は、聞くことなく今に至る。

名前の関係から、小学校時代、壮絶ないじめにあっていたことも、後になってわかった。地元の市議会議員さんや「埼玉に夜間中学をつくる市民の会代表」だった、大宮北高校教諭の香取英明氏も親身になって、下の名前の変更について、相談に乗ってもらっていた。

理由が理由だけに、裁判所も認めてくれて、「良正」と名前を変えることができた。児童劇団にも在籍し、ちょい役ではあったが、エキストラとしてドラマ出演もしていた。

「学園家族」の特徴の一つ、教職員の家族・親族が多く入学している現状があった。自分の身内に勧めたくなるだけの価値のある学校であることは間違いない。私も弟を入学させたかった。入ってくれた暁には、保護者の代わりとして、授業参観、三者面談等、兄である小生が出席するつもりだった。

これはもう、高校からでも中学校に編入してでも、学園家族の一員にさせることが一番のよいこと。目的・目標に向かって、肉親に対する「愛」を貫くことの大変さ、難しさ、親代わりを自称することの何とも言えない喜びを感じた瞬間はない。

そして、もう一つの野望、私の肉親一族が自由の森学園で働くこと。将来は、お袋と叔母のかこ姉ちゃんが食堂で、大型自動車2種免許を持っていた父はスクールバスの運転手で、母方のお爺ちゃんは手先が器用なだけに用務員さんとして。不可能ではない、壮大な夢を本気に考えていた。

人生のピークだったこの時期、弟を入学させることを足掛かりに、全ての気力、労力、胆力を使って、政治家並みの動きを、山中で走り回っていた。

よくはないが、酒で気持ちを紛らわせながら、真似をしてはいけない、例の毒父のようにならないよう、気をつけながらだ。

愛情を注げば注ぐほど、受け取る側の心情はズレていく。気づかないうちに調子に乗っていた、おいら。当然、自由の森学園を受けると思った弟の口から発せられた、衝撃的な一言。

「いいよ、受けないよ」

妙に淋しそうに、下を向きながら、ぼそっと語った弟。お袋から、経済的なことで駄目と告げられていたようで、

「よっ君、私学だよ、お金がかかるからダメダメ」

これればかりはどうすることもできないジレンマに、結局、弟は地元の公立高校に入学することになった。

前から不思議に感じていたこととして、クリスマスケーキについて。大きめの物を

毎年、お袋が二つも調達してきていた。友人関係にあった新聞販売所の奥さんから、購読契約のお礼とのことで、少し気持ち悪い感じはあったが、お調子者のお袋の特徴。社交的過ぎて空回りしていなければ、と心配しながら、美味しくいただいていた。

ある日、リビングの片づけをしていると、「蟹ゴールド」と書いた空箱が引き出しに入っているではないか。横に領収書があり、「三十万円」と書いてあった。ピンときた小生は、母を早速、問いただし、悪徳商法に引っかかっていたことを告白させた。

カチンときた私はとっちめてしまい、話の中で、クリスマスケーキの秘密も突き止めることができた。「百万円」を他人に貸していたのだ。

「私学二人はお金がないんだから、駄目」

と、あれだけ弟に言っていた矢先にだ。

建物という空間で生活は共にしているが、親父とも関係が終わり、お袋とも断絶した瞬間だった。

そして、あるお正月、群馬の実家に行く行かないで、私と弟はもめ、最後には最悪な結末となる――。

その頃はまだ弟と関係性が保たれていて、良正は定時制高校は中退してしまったが、実家から逃げるように、栃木県にあったテーマパークに住み込みで採用されていた。社員としてではなく、演技者の研修生として、時代劇の基本を学ぶことを選択していた。

そんな良正が家を出る前だったか、一度、飯能の下宿に来たことがあった。

私はまだ諦めきれず、良正が転編入試験を無事乗り越え、途中からでも入学を。当時よく中学校校舎に用があってもなくても通っていたのは、親代わりとして、そんなことを夢見ていたことからの行動だったのかも知れない。

体育祭で使う鉢巻を後輩たちに渡そうと中学校校舎に入り、ふと、畑側の窓を見ると、創立者の遠藤先生がこちらに向かってくるではないか。相変わらずオーラは健在で、首を左に少し傾けながら歩くのが癖で、右手の人指し指でこちらを指しながら、無言で伝えてきた、「それ、駄目だよ」と。ここが並みの人間と違うところで、当時ここは土足厳禁で、革靴のまま歩いていた私に対してテレパシーで送ったのか、その場ででかい声で注意される何万倍も胸に刺さった瞬間だった。それ以来、絶対に土足で行くことはなかった。

気落ちしながら、鉢巻を渡しに中1教室へ。するとどこかで見た顔が、私の目線をそらしながら、バツが悪そうに鉢巻を受け取らないでいる。

「ああ、彼か」

川口自主夜間中学に通っていた、良正の同級生だった。その子も、魅力的な自由の森学園にどうしても入りたかったのか、三年浪人、いや学年を三つ四つ下げて中学校一年から、こっそり入学していたのだ。

同じことを、弟に対して提案していた小生。

お金がないわけではない、新聞販売所のご婦人に貸していた「百万円」を取り戻せば……。

下宿先で待ってくれている良正のことが気になり、陸上部の練習を早めに切り上げ、下宿先のハイツを目指すことにした。

詫びを入れよう、弟に。

「いたよ、あの子。ごめん、お前を入れてやることができず」

発する言葉をスクールバスの中で予行演習しながら、涙をがまんしながら、ドアを開けた。

置き手紙が一枚、布団のかかっていないコタツにおいてあった。誰もいなくなった下宿先の静けさ。

気持ちの収まりがつかず、暴れたい気持ちを押し殺しながら、台所に残っていた料理酒の残りをがぶ飲みしていた。

最後まで、この手紙、読むことなく、封筒に入れたまま、現在に至る。


テーマパークを退職した良正は、群馬へ年始の挨拶に行かないと判断した私の行動に同調せず、親父と一緒に東村へ行ってしまった。

何故、小生が行かなくなったか。後を継いだ父の弟さん、私から見たら叔父になるのだが、その家がゴージャスを超えて豪邸だったことも、自分が卑屈になりそうで嫌で嫌で仕方なかった。

帰ってきて、親父と弟の二人は案の定、己の身の上と比較して文句ばかり。

「どうして行ったんだ、だから行くなと行ったのに」

問いただしていくうちに、弟の胸ぐらをつかんでしまった。それから先、現在に至るまで、仲の悪いまま、月日が経ってしまった。

そう、ぶっ飛ばされたおいらのメンツは丸つぶれ。肉体言語による立場の逆転は、兄弟関係を決定的に破滅に追い込む。幼少時のそれとは違う、憎しみに転じてしまう、終わってしまった関係性。


その後、テーマパークを辞めた弟は、埼京線沿線にアパートを借りて働いていた。時折、実家に訪れては、あんなに優しかった良正が、兄貴の顔を一発殴っただけで、一家全体にマウントしようとしていた。金の無心やら、家賃の滞納、そのたびにお袋を困らせ、せびりに来ていた。

小生、曲がりなりにも教育者の端くれ。職場に行けば、下っ端とはいえ、それなりの誇りを持って働かせてもらっていた。

しかし北本に帰るたびに、弟が来ていないかどうか気にしながら、また殴られはしないか、枕を高くして眠ることができない日々が続いた。

兄としてのメンツは全くなくなり、喧嘩で負けるなら、とある考えに至る。

「だったら買ってこよう」

何を、何を、何を。本気で、武器に頼ることを画策していた。ヌンチャクやら何やら、専門店に行くか行かないか。いつもその葛藤と戦っていた。

新聞やマスコミで取り上げられる家族間の痛ましい事件について、初めて感情移入できている自分がそこにいた。

「そうだよなあ、ご近所の手前、息子を始末したんだよなあ」

ある官僚が、言うことを聞かず、大きな音量で近所に迷惑をかけるドラ息子に業を煮やし（この兄が原因で妹は自殺に）犯罪へ。懲役八年だっただろうか。本気で差し入れを持って面会に、そう考えたことがあった。罪を犯したことはよくないが、親としての責任を全うした、その高級官僚に対して、気持ちを共有できる自分がいる。

犯罪は禁物だが、護身用グッズについて、マスコミで取り上げられた専門店で、海外旅行用のスタンガンと催涙スプレーを本当に購入し、使わなければならないほど、良正というかわいかった弟はもう北本にはいない。


本気で、危険なやばい状況が続いていた。

ある日のことだ。良正が実家で、何が気に入らなかったのか、私の部屋をめちゃくちゃに破壊していた。金の要求もお袋に悪態のし放題をしていた。これはもう一線を超えたと判断し、警察を呼べばよかったのだが、隠し持っていた催涙スプレーを噴射してしまった。憎しみを持って、奴にかけた。

それでも、あいつはしぶとくしつこく、金を借りに来ては暴れ放題で、言い合いになり、互いに刃傷に及ばないものの、取っ組み合いの喧嘩が続いた。スタンガンも数回使用した。兄弟仲は悪くなる一方だった。

その後、私が愛知の私立高校に赴任してからも、弟は自立、独立を選択せず、最後まで、父親を悩ませ、他界後は、母の年金で暮らしていたのだろう。

もし、パラレルワールドが本当にあるのなら、別世界で、良正はあの学園で生き生きのびのびと学びを謳歌しているのだろうか。俳優として大成しているのか。学園自体がカウンセリング効果を発揮する表現活動の森で。中堅若手俳優の一翼を担っていたかも知れない。勝手な解釈かも知れないが、何かがそこにはある、森の神秘だ。

小生の顔は、埼玉在住時代、ひっかき傷でグチャグチャとなり、飲みに行くのもはばかれるほどの痛々しさが伝わる顔立ちになっていた。

この調子でもめていては、いつか、ワイドショー沙汰にエスカレートしていく。どうすることもできない私は、酒におぼれ、人生に落胆し、死ぬことも選択肢に、殺すか殺されるか、といった状況に追い込まれていた。

せっかく、小生の立ち直るきっかけを、「学園家族」で得ることができたのに。「本物の家族」で、うまくいかない。与えてくれた試練なのか。落ち着かない精神状態は鬱病一歩手前だった。

神様が与えてくれた試練、それにしては、苦しいよ、きついよ。永遠の蟻地獄に入ったようだった。

勝手な自己中心的な解釈ではあるが、弟に「自由の森学園」があったなら、そうはならなかった。経験させてやることができなかったから、やはり人生真っ逆さま。入学できなかったら、全員がそうなるとは思わないが、ブラザーはそうなってしまった。そのことがわかっているからなのか、口コミやら何やらかんやらで、関係者の子や親族をとにかく入れてくる。それができなかった自分が悔しくて悔しくて仕方なかった。

良正への肉親としての情愛は今でも変わらない。でも申し訳ない気持ちと、逆らってきたあの時の鬼と化した所業。ある高級官僚は決着をつけた。決着をつけずに憎しみを持ち続けるつらさ。終わらない、向田邦子の『冬の運動会』のように永遠にだ。

実家でマウントしてしまった良正は、親父、お袋、何も言えなくなった私と、家の中で、だんだんと王様になっていった。モンスター化してしまった。私が自由の森学園に入学したこと以外、全ての歯車が狂ってしまい、転落の現実家族が東間団地に存在していた。

本当の卒業

六年かかって大学卒業を迎える年度に、捨てる神あれば拾う神あるではないが、

「寮監の助手をやっている石塚君だよねえ。来年度、事務室に来ないか？　配置転換で」

そう言ってくれたのが、副理事長兼事務局長代行をやっていた方、正井さんだ。まさか、この私に、配転扱いとはいえ、専任職員としてのヘッドハンティングをかけて下さるとは。

「ずっと君を見てきて、自森の卒業生っぽくないよねえ。返事や受け答えが、少し体育系だし、長年、経営の仕事をしてきて、俺の直感だけど、一緒に事務局で働かないか」

実はこの時、本当に悩んでいたこととして、前にも述べたが、手掌多汗症という不

治の病がある。事務室勤務となれば、いくら経営学部を出ていて商業高校教員免許を取得していたとはいえ、扱う紙類がビショビショになることは必然で、身体の特性もあり、寮教師になることが一番自分に合っている。言わないでいたが、本当はそのことも仕事選択のネックとなっていた。

悩んだ末、いずれどこかで、寮監にもう一度、再度、配置転換で戻る。そう自分自身に言い聞かせながら、救世主の言うことを承諾した。

青天の霹靂とはこのことで、定年まで母校に勤務できる喜びを、北本の実家に帰る車の中で感じていた。カセットデッキにかけた曲は、チャゲアスの「ＹＡＨ　ＹＡＨ　ＹＡＨ」だ。

専任事務職員として定年までこの学園で、でも途中絶対に寮に戻る。決意と誓いを胸に秘め、発表があるまで、知らんふりをしながら、グラウンドで走り込みをしていた。

自由の森学園は設立当初から、給与体系について前歴換算をしない、ずばりその年齢給でもらえる。助手で任務している時は非常勤の待遇だったことから、年度をまたいで四月にもらった正職員として初めての給与の、おったまげたのなんの。先輩の事務職員江藤さんにお礼を言いに言ったほどだ。

家族愛のない小生宅の住人たちの会話は、家族そのものを守るために伝承していくことを一切しない。背中で語るそれとも違い、全く教えない。教えることの表現方法を知らない。

例えば、「ゴッドファーザー」のあるシーン。

「いいか、マイケル、一番最初に手打ちの場をセッティングした味方が裏切り者だ」

ここまでとは言わないが、

「いいか、中型自動二輪の運転は、後ろのブレーキを多用するんだよ。サングラスは格好づけじゃないぞ、まぶしいからだ。免許を取ったら、お前もわかる」

恋愛は別として、先取りしていて損はない、何気ない、豆知識と知恵の数々。

服のコンビネーションも、フリースを直に着て、その上からTシャツを重ねる。最近そのおかしさに気づいた小生、もっと早く知っていればと後悔している。

空疎で空虚な冷たいお勝手の窓を開けると、団地特有の四方八方、隣人の目線だらけが気になる窮屈な造りの団地住まい。

嫌だった、引っ越したかった。

「超ほったらかし教育の顛末」

0ベースで絶対に教えないことを美徳とした親父の教育観は、許すことのできない「逆レガシー」と言える。

「ふざけるな。教えることは伝えなさい。息子は不良じゃないんだから」

政治談議はよいのだが、田原総一朗さんから吸収する情報以外、親から子への伝達事項は、虫食いだらけ。

「教えてくれよ、もっと先に」

そう思う場面場面が、四半世紀近く続いた。よく、家出を繰り返さなかったな、悪の道に進まなかったな。心理学を学んでいる小生、不思議で仕方ない。

最近、不登校に関する新聞を定期購読することにした。二十一世紀に入っての、混沌とした現代社会。どんなに技術革新が進もうと、人と人が結びつくことを、コラムで表現している新たな発見がこの新聞にはある。

お店の常連になった証として、名前を覚えてもらえることの真の喜びは、バーチャルでは再現できない。

お風呂に入湯した時のあったかい、気持ちいい。肉感とでも言える、この覚えは、ＡＩでも何でも、これらには再現できない、人間が人間たるゆえんの証。

あの頃とは、全く違う様相の世の中だ。

昔々のドラマの中に、働くことに精一杯だった男女のカップルが、ようやく訪れた休日にデートをする。海辺で砂浜を歩く二人は何もしゃべらない。買ってもらった風船が浜を飛んでいく。それを一生懸命に追いかけたのはどちらなのか。

「お父さん、お母さんの姿を見て、その場でプロポーズしたよ」

地上波を見なくなった現代の若者たち。何もかもが「ＳＮＳ」に回覧板のようにアップされる連続、継続。

青春ドラマの金字塔「俺たちの旅」のドラマを見終わった後の、あの詩の意味深さ。

数千年たった未来に、アナログとデジタルのジェネレーションギャップについて、きちんと分析してくれるのだろうか。

二十一世紀への入り口、２０００年問題があった一九九九年の「ノストラダムスの大予言」。だったら、九九九九年の一万年問題を、その時の未来の人類は議論するのだろうか。

時の刻み方も、未来、将来では変容しているはず。そもそも、時間についての概念や、「人生１００年時代」という、こちらのご都合からのアプローチ。


「もうやめませんか」

人生を考える。第二、第三の人生を、どう構築していくか。

登校拒否をし、成人式を欠席し、家庭が崩壊して、学園家族に救われて。


事務局勤務をしていて、失敗の連続だった。それでも、褒められた経験として、提出した書類がよれよれでも、

「一生懸命、書き上げたんだよね」

本当は、手掌多汗症という病気が原因。

取り返しのつかない、失敗もたくさんした。外回りの仕事をしていて、学園の通帳を銀行に忘れてきてしまい、上司に怒られた時の、居場所のない森の中の事務員さん。ちっちゃくならなくてはいけないのに、生意気を演じてしまった、変な箇所がヘソ曲がりで、我が強い小生。辞表を出す案件だ。

体育科の川田先生からは様々な生き様を学んだ。

「俺さあ、スクールバス会社に、定期的に菓子折り持って行っているもん」

何かで配車をお願いしなければならない時など、融通がきくことを誇らしげに語ってくれていた。ちょっとしたことであるが、デジタルではできない、人と人がつながることの、風通しの極意を、お饅頭という行為で取り持つ人と人の狭間。

今でも、黄柳野《つげの》高校で真似させてもらっている。

私は田原さんに影響をタップリ受けた関係から、早い段階から教職員組合に加入していた。事務職員をしていた頃、どこまで私物を机に置いてよいのか、目安箱に書いたのがきっかけで、執行委員も担わせてもらった。

自由の森学園教職員組合の飲み会が「大松閣」で行われた時、隣に座った理科の橘先生が放った、珠玉の言葉。

「仕事をしているといろいろあるけど……もう教え子じゃないね。石塚君じゃないね」

大事な学園の通帳を置き忘れた自分。

「まだまだ、〝君《くん》〟でいいですよ」

そう叫びたくなる、過分の評価を、元担任ではない理科教員が言ってくれた。

「石塚さんだね」

橘先生は、実際に教えてもらったことはないが、広い意味で恩師の一人である。その方が私のことを見ていて、言って下さった発言だった（当時、教職員組合委員長でもあった）。

嬉しくて、その晩は眠れない日となった。そして少しずつ石塚君から石塚さんに変わっていく日々を私は忘れない。

いつの頃だったか、自由の森学園に「体験学習」という農業に関するカリキュラムが設定されるようになった。

卒業後のことで、担当教官の田村先生とは馬が合うのか何なのか、私のことをかってくれて、ことあるごとに気にしてくれた。年齢的にも石塚君でいいのに、いつも、「石塚さん石塚さん」と言って、近づいてきてくれた。卒業生が母校に戻り幅を利かす。嫌がられてはいないか、言葉遣いだけは気を使っていたが、田村先生にだけは、自分の本心が話せそうな、お高くとまっていない親しみやすさがにじみ出ていた。

ある職場集会でのことだ。

「石塚さんを何とかしませんか。専任化されてもおかしくない人だと思います」

事務局員に配置転換が決まる前、恩師である先生方が大勢いる集会で、手を震わせながら語ってくれた、もう一人の人生の先輩で恩人。五十歳を超えた今の今まで、年賀やらお歳暮やら、関係が続いていた。

「皆さん、石塚さんを何とかしませんか。本気で何とかしましょうよ」

そう言ってくれたのが、農業体験担当の田村先生。心をさらけ出すことができる真の恩人。一生涯に何人いるだろうが。

全てが順調にいかない、人生という茨の路。一年間の事務室勤務。君《くん》からさんになるのはいいが、何かが違う。言葉に表せない温室の中のような、居心地のよさ。

「いかん、いかん」

自然に本当に、

「格好よくない自分がいるよな」

そう感じた、小生。

愛知へ赴任することを決断し、本当の卒業を選択することにした。

その後の家族

故郷を捨てた親父と、結局同じ道を歩むことになった。

故郷を離れ、東三河の地へ。

大きな二階建ての家に住む面々が一人ひとりいなくなり、誰もいない部屋数だけが残ってしまった。


良正は、私がいなくなった途端、北本に戻ってしまった。何故、それを許したのか。家を高く売って、違う土地に引っ越す。次男坊から逃げればよいのに。ゴミ屋敷と化したアパートから北本まで、その引っ越しまで父は手伝ってしまった。バブルがはじけたとはいえ、東京のベッドタウンである北本。六十坪の土地建物は相当高く売れたはず。売却して、夫婦二人、やり直せばよいのに、絶対に親父は動かなかった。

そして、モンスターが本当の悪魔に変容していく。パトカーが出動した回数は何回だったのか。その都度、警察から小生のスマホに緊迫の連絡が入った。

「生きた心地がしねえよ」

飲みたくもないウイスキーをがぶ呑みしながら、忘れようにも忘れられない崩壊した家族の末路。


お袋が線路に飛び込もうとし、すんでに助けられ、愛知に逃げてきたこともあった。家でぶっとばされていたのか、地元の警察からは、

「被害届を何で出さないの」

百万円他人へ貸したことが引っかかっていたのか、お袋も被害届を出さなかった。

車で、最寄りの警察署に引き取りに、授業を終えていたとはいえ、生徒指導を担当しながら、往復で約七〇〇キロの高速道路は、早く助けたい気持ちと、

「何をやっているんだ、弟よ」

会えば、また取っ組み合いになることがわかることから、そのままお袋をこちらで

引き取ろうか。安全運転に気を使いながら新東名を突っ走っていた。

愛知で保護した母と一緒に食べた「山科」の味噌煮込みうどん。

ここまで母親を追い込んだあいつに、人としての温もりが本当に育っているのか。しっかりと反省をしているのだろうか。埼玉に帰したくない気持ちを押し殺しながら、母ちゃんの気持ちもあって新幹線発着の豊橋駅へ向かっていた。

埼玉に戻ったお袋を、いじめぬくだけ、いじめぬいたあいつ。情けに報いると書いて「情報」。お袋からの「ＳＯＳ」の留守番電話を聴くたびに、酒のボトルにぶつけるしかない、嫌な等身大の自分が存在した。


父が亡くなり、母が亡くなり、急に私のことを「兄貴」と言い出した、あいつ。

「反省すべき点は反省するからよ」

ほざき、訳のわからないことを言い出した良正。

仲直りは今もない。ハッピーエンドはないのだ。鏡に向かってにらめっこを続けるしかない。殺し合うよりはだ。

過去を、ほんの少し振り返って、水に流して、忘れて、仲直りをする。できない現実について、私は学園家族という素晴らしい空間での経験と引き換えに背負ってしまった。

同じ境遇の方たちは、数多く世の中にいるはず。ＮＰＯではないが、何か繋がりの組織を作りたい心境が、今、心の中にある。

Ｒｅライフ、という、人生のリセットについてどうするか。一生涯結論は出ない。だから、人生そのものに休み時間をとってみては。そして、カチカチ音のしない、「秒針のない時計」を求めて、新たな世界観への旅立ち。

私は、人生をやり直そうと思わない。これからをどう捉え、どう向き合うか。学園家族について、理解してくれる価値観の森に向かって、確かめる検証の旅なら出てもよい。

何かを失い、学園家族を手に入れ、第二の自我という例えがあるなら、新たな自我とは何なのだろう。

日本も重要だが、地球全体の民度を、どうやって底上げするか。そのためには時間もいらないし、二幕、三幕もない。第三次世界大戦もいらない。

奇跡のリンゴの木村さんについて、全ての事柄が、この方式を取ったら地球はどうなるのか。吟味という言葉を多用する人を私は知っている。その方に私は助けられた。

親父のよかった点として、あれだけイケメンだったのに、浮気を一度もしなかった。そのことだけは評価したい。

お袋に関して、在宅医療を受けながら、ケアワーカーさんが言ってくれた、ど真ん中の表現。

「お母様は、人の心をつかむのがお上手で、いい意味で、人たらしです」

褒めてもらっているのか、何なのか。

両親が亡くなった後、年金をあてにしていた弟がどうなるのか。お袋はワーカーさんと話し合ったようで、最期まで、名物母ちゃんを演じきった母に敬礼するしかない。

「助けられなくてごめんな」

あとがき

都市化の影響なのか、ほとんど聞くことがなくなった、ホトトギスの声。

得たものと失ったものの帳尻は平等にあるのだろうか。

吟味という言葉と出合い、学園家族を手に入れ、実際のファミリーを失くした小生。

現在は全寮制男女共学の高等学校で教鞭をとっている、へなちょこキャラのおいら。

学生運動があって、ナショナリズムのカードを使い切って、管理することが善とされる教育がはびこった、その後の有り様。

名物先生がだんだんといなくなっていませんか。

学校では「意見ありますか」と聞いておいて、実社会では利ばかり追求していませんか。

情けに報いて「情報」なのに、何か違っちゃっていませんか。考えて議論して、話し合って、中身があって時間をかけて多数決を取る。そうしないよう、仕向けられていませんか。

本当の愛とは、真の教育とは何なのか。

温森《ぬくもり》のある世界を目指そうではないか。

関係者の皆さんは改めて、そうでない方たちも是非、自由の森学園のファンになってもらいたい。

そして等身大の自分を、もっと自己主張、意見表明しようじゃないか。

そう締めくくりたい。


三冊目の出版にあたり、粘り強く対応して下さった、文芸社の皆さんに感謝である。

この本が、未だ、難儀と向き合っている方たちと思いを共有し、一助のお手伝いができれば幸いである。

著者プロフィール

石塚 自森（いしづか じしん）
昭和44年生まれ、埼玉県北本市出身、愛知県新城市《しんしろし》在住
小学校、中学校、高等学校を埼玉で過ごす
登校拒否時代、埼玉県戸田市で半年間過ごす
埼玉県飯能市にある、学校法人自由の森学園高等学校第三期卒業生
東京経済大学経営学部卒業、放送大学教養学部卒業
現在、私立高等学校教諭、作家

【既刊書】
『ふるさと再発見「自由律俳句の森」へようこそ ～埼玉版～』
（文芸社、2014年）
『ふるさと再発見「自由律俳句の森」へようこそ ～愛知版～』
（文芸社、2018年）

学園家族 自由の森日記

2025年3月15日　初版第1刷発行

著　者　石塚 自森
発行者　瓜谷 綱延
発行所　株式会社文芸社
〒160-0022 東京都新宿区新宿1－10－1
電話 03-5369-3060（代表）
03-5369-2299（販売）

印刷所　株式会社エーヴィスシステムズ

ISBN978-4-286-26309-0